Copyright © Isabelle Desbenoit, 2022
Édition : BoD – Books on Demand,
info@bod.fr
Impression : BoD – Books on Demand, In de Tarpen 42, Norderstedt (Allemagne)
Impression à la demande
ISBN : 978-2-3224-3707-8
Dépôt légal : Mai 2022

De la même Autrice :

Romans grands caractères en **Police 18** :

- **Le Mas des Oliviers**, *BoD*, 2022
- **Le cadeau d'Anniversaire**, *BoD*, 2022
- **Autour d'un feu de cheminée**, *BoD*, 2022
- **En cherchant ma route**, *BoD*, 2022
- **Le hameau des fougères**, *BoD*, 2022
- **La fugue d'Émilie**, *BoD*, 2022
- **Un brin de muguet**, *BoD*, 2022
- **Le temps des cerises**, *BoD*, 2022
- **Une Plume de Colombe**, *BoD*, 2022
- **La dame au chat**, *BoD*, 2022
- **Un secret**, *BoD*, 2022
- **La conférencière**, *BoD*, 2022
- **L'étudiant**, *BoD*, 2022
- **Un week-end en chambre d'hôtes**, *BoD*, 2022
- **L'héritière**, *BoD*, 2022
- **On a changé de patron**, *BoD*, 2022
- **Un automne décisif**, *BoD*, 2022
- **Disparition volontaire**, *BoD*, 2022

***

Romans grands caractères en **Police 14** :

- **BERTILLE L'Amour n'a pas d'âge**, *BoD*, 2021
- **BERTILLE Les Candélabres en Porphyre**, *BoD*, 2020
- **BERTILLE, Les lilas ont fleuri**, roman, *BoD*, 2019
(d'autres parutions à venir… voir le site de l'autrice)

Romans et livres **Police 12** :

- **La Douceur de vivre en Roannais,** roman, *BoD, 2018*
- **Une plume de Colombe,** nouvelles, *BoD, 2017*
- **New York, en souvenir d'Émile,** roman, *BoD, 2017*
- **Croisière sur le Queen Mary II,** roman *BoD, 2016*
- **La Villa aux Oiseaux,** roman, *BoD, 2015*
- **La Retraite Spirituelle,** roman, *BoD, 2015*
- **Recueil de (Bonnes) Nouvelles,** *BoD, 2014*

***

Aventures Jeunesse (9-14 ans) :

- **Farid, la Trilogie,** *BoD, 2014*
- **Farid et le mystère des falaises de Cassis,** *BoD, 2009*
- **Farid au Canada,** *BoD, 2009*
- **Farid et les secrets de l'Auvergne,** *BoD, 2009*

***

Thriller religieux :
- **In manus tuas Domine...,** *BoD, 2009*

Site de l'auteure : www.isabelledesbenoit.fr

© Isabelle Desbenoit, 2022
Éditeur : Books on Demand
Impression : Books on Demand
Allemagne
ISBN : 9782322437078
Dépôt légal : mai 2022
Tous droits réservés pour tous pays

L'ÉTUDIANT

Isabelle Desbenoit

Bien chère Francine,

Je prends, comme chaque semaine, la plume pour t'écrire. Comme ce rendez-vous épistolaire me fait plaisir ! Tu le sais bien, ma chère grande sœur... Lorsque tu avais encore une bonne audition nous nous parlions volontiers au téléphone ; mais finalement, je trouve que de nous écrire, cela nous rapproche encore plus... Tu sais que je viens de passer le cap des quatre-vingt-quatre ans depuis une semaine. Tu as cinq ans de plus que moi, tu vis en sécurité dans une maison de retraite... Et même si je sais que tu t'agaces pour beaucoup de choses là-bas, tu n'y es pas seule... Depuis la mort de mon cher Édouard, il y a trois ans, j'ai bravement essayé d'apprivoiser la solitude. Je me suis dit que, de toute façon, c'était dans l'ordre des choses, que je devais accepter ce silence...

De ne plus avoir personne à qui dire ce que je pensais, comme cela, sans réfléchir, à tout moment de la journée... De ne plus avoir quelqu'un à écouter, de ne plus faire les choses pour l'autre... Francine chérie, tu sais, j'ai bien *essayé de m'habituer mais je n'y arrive pas... En même temps, j'ai tellement envie de rester dans notre grand appartement, là où j'ai vécu tant d'années de bonheur avec Édouard... Je t'entends me répondre, mais ma chère Philo, viens me rejoindre dans ma maison de retraite, tu ne seras plus seule ! Je sais bien que cela te plairait Francine et peut-être, dans quelques années, je te rejoindrai si ma santé le nécessite. Mais, en attendant, figure-toi que j'ai trouvé une solution pour ne plus être seule. C'est la boulangère l'autre jour, tu sais, cette gentille Madame Rolland, à qui je me* confiais un peu en lui disant que je trouvais les soirées bien longues maintenant qu'Édouard avait rejoint le ciel, qui m'a demandé si je connaissais la possibilité de louer une chambre à un étudiant. C'est une association dont elle m'a trouvé le nom sur Internet qui s'occupe de mettre en relation les jeunes et les personnes âgées vivant seules. Cette suggestion m'a tout de suite séduite. Tu sais combien nous avons souffert Édouard et moi, de ne pas avoir eu d'enfant et je me suis tout de suite imaginé pouvoir partager mon quotidien avec un étudiant ou une étudiante. Oh ! Bien sûr, il ne me faudrait pas n'importe qui mais quelqu'un de sérieux, de studieux et qui s'engage à respecter les règles de la vie commune. Du coup, j'ai monté un dossier et l'association est en train de l'étudier. Si tu savais comme cette idée me séduit ! Nous partagerions ensemble le repas du soir, nous pourrions regarder la télévision au moins pour un morceau des informations... Je mettrai la chambre du fond à sa disposition, tu te souviens qu'elle possède une salle d'eau ? C'était notre chambre d'amis : elle est grande et a deux fenêtres qui donnent sur le jardin public, c'est tout à fait calme.

J'ai demandé à l'association de m'envoyer si possible un jeune qui n'a pas beaucoup d'argent et qui veut vraiment étudier, s'en sortir. Je demanderai un tout petit loyer symbolique mais en échange, je souhaite que nous vivions un peu en amitié. Faire une partie de crapette ou un Scrabble à l'occasion, partager nos soucis ou nos joies...

Ah ! Francine, si tu savais comme ce projet m'enthousiasme ! J'attends avec grande impatience la réponse de l'association et ne manquerai pas de t'en faire part. Je souhaite que, de ton côté, tu n'aies pas trop mal à tes vieux os et que tes chers livres continuent à t'aider à passer le temps agréablement. Donne bien le bonjour de ma part à tes deux voisines et à Monsieur Lallemant. J'irai te voir à la fin du mois, comme d'habitude. En attendant, je t'envoie mille baisers, à très vite, ma chère sœur chérie, porte-toi bien,

Ta Philo

***

Chers Maman et Papa,

Je vous envoie ce petit mail pour vous annoncer une très bonne nouvelle : l'assistante sociale de l'université m'a dit qu'une dame âgée avait déposé une demande à l'association intergénérationnelle pour loger un étudiant et que mon profil correspondait à ce qu'elle recherchait ! Si tout se passe bien, je vais enfin pouvoir quitter le canapé où mes deux amis me logent si gentiment depuis un mois. J'essaie de les déranger le moins possible, je travaille à la BU (c'est la Bibliothèque universitaire) jusqu'à sa fermeture mais cela devient quand même gênant. Je vous tiens au courant, à très vite, grosses bises, Aurélien.

C'est ainsi que Philomène et Aurélien, se rencontrèrent, pour la première fois, à l'association intergénérationnelle en cet après-midi pluvieux d'octobre. Aurélien était très grand et mince, avec le teint coloré de sa Réunion natale. Brillant élève de terminale, il avait obtenu une mention très bien au baccalauréat. Son rêve était de devenir chirurgien cardiaque.

Le jeune homme avait obtenu une bourse et ses parents avaient économisé sou par sou pour pouvoir compléter afin qu'il puisse venir étudier dans une des meilleures universités de la métropole. À Paris, il n'avait pas pu décrocher de logement universitaire à cause d'un dossier qui n'était jamais arrivé... Il s'était donc retrouvé à la rue...

Heureusement, un jeune couple, étudiants eux aussi, lui avait tendu la main mais il y avait maintenant urgence à trouver autre chose et ses moyens ne lui permettaient absolument pas de louer, ne serait-ce qu'un studio.

C'est dire si ce rendez-vous était important pour l'étudiant ! Aurélien était tendu, il voulait vraiment faire bonne impression et était prêt à tout pour pouvoir enfin avoir un « chez-lui ».

— Ah ! te voilà Aurélien ! Madame Jacquin t'attend dans la salle de réunion, je croise les doigts pour toi, assura aimablement la secrétaire en accueillant le garçon.

— Bonjour Madame, je suis Aurélien... Le jeune homme avait préparé avec soin un petit discours de présentation afin de paraître à son avantage.

— Bonjour Aurélien, tu sais si nous habitons ensemble, il va falloir que tu m'appelles Philo, tu ne devras pas me servir des « Madame » à tout propos, expliqua gaiement l'octogénaire en lui serrant la main avec chaleur.

— Tiens ! Installe-toi près de moi tranquillement, que nous puissions causer un peu, tu as quel âge déjà ?

— Je viens d'avoir dix-neuf ans, Madame... Euh ! Madame Philo, je viens de l'île de la Réunion et j'ai commencé ma première année de médecine en métropole car j'ai eu une mention très bien au Bac et je suis boursier. Je voudrais devenir chirurgien cardiaque en fait, et je serai vraiment ravi de loger chez vous, je suis très sérieux et j'ai juste une envie : travailler pour passer en deuxième année. C'est tellement difficile pour moi de trouver un toit ici...

Aurélien avait parlé d'une traite, d'une manière un peu saccadée, et d'une voix blanche tellement l'enjeu était important pour lui. Il avait néanmoins réussi à dire l'essentiel et se détendit un peu.

— Très bien Aurélien, eh bien moi, c'est Philomène mais tout le monde m'appelle Philo comme je te l'ai dit. J'ai quatre-vingt-quatre ans et j'habite un cinq-pièces bien trop grand pour moi depuis que mon cher mari Édouard est décédé, il y a trois ans. Je serai très heureuse de t'accueillir et avec quelques règles de vie commune, il n'y a pas de raison que nous ne nous entendions pas, le rassura la retraitée. Acceptes-tu que je te pose quelques questions pour mieux te connaître ? ajouta-t-elle.

— Bien sûr, Ma… Philo, c'est tellement normal, je vous en prie.

— Tu es non-fumeur n'est-ce pas, comme cela était noté dans ta fiche ?

— Oui, absolument, en tant que futur médecin je sais bien les dangers de cette habitude et donc je n'ai jamais fumé même si certains de mes amis auraient voulu que je le fasse.

— Écoutes-tu beaucoup la radio, la musique ? Je suis quelqu'un qui a le sommeil léger et j'aimerais, après vingt-trois heures, que l'appartement soit bien calme.

— Oh ! Ne vous inquiétez pas, de toute façon, si j'ai envie d'écouter ma musique j'ai mes écouteurs, je ne vous dérangerai pas et je ferai très attention à ne pas faire de bruit le soir, soyez-en sûre.

— Tu sais que tu ne pourras pas recevoir tes amis chez moi, cela ne te dérange pas ?

— Non, je mets vraiment l'accent sur mes études et, si je veux voir d'autres étudiants, il y a de nombreux endroits à l'université pour les rencontrer...

— Et toi Aurélien, as-tu des questions ? Ne te gêne surtout pas et demande-moi tout ce que tu veux.

— Eh bien, Madame, enfin Philo, est-ce vrai que vous ne demandez que cinquante euros de loyer ? Cela me paraît peu, il y a peut-être une erreur sur le dossier, ce n'est pas cinq cents ? Parce que cinq cents, ce n'est vraiment pas possible et...

— Non, non, pas du tout !

Aurélien rassure-toi, c'est bien cinquante euros mais tu sais, pour compléter, tu pourras me rendre un ou deux services le week-end. Par exemple m'aider à transporter mes courses ou bien faire une partie de Scrabble ou de cartes avec moi de temps en temps... Évidemment, je souhaite avant tout que tu te concentres sur tes études et je n'abuserai pas...

— Oh ! Madame, c'est tellement super ! Je vais pouvoir étudier dans de très bonnes conditions si j'ai un si petit loyer ! Ne vous en faites pas, je ferai toutes les courses, le ménage... J'ai l'habitude à la maison, mes parents travaillent et ont toujours voulu que je participe aux tâches ménagères.

— Ne t'inquiète pas pour le ménage, j'ai une dame qui vient trois heures par semaine, mais par contre, je veux bien que l'on dîne ensemble le soir, que tu me tiennes un peu compagnie dans la salle à manger, une petite heure. Même si tu travailles et que moi je lis, cela me ferait plaisir de ne pas être toujours seule, c'est d'ailleurs pourquoi j'ai souhaité accueillir un étudiant.

— Vous savez moi non plus, je n'aime pas manger tout seul... Ce sera volontiers, vous me direz quoi préparer et je ferai le repas...

— Non, non Aurélien, je m'en occuperai mais, par contre, tu pourras mettre la table et t'occuper de remplir et vider le lave-vaisselle.

Philo et Aurélien se projetaient déjà aisément dans leur quotidien de colocataires. Le jeune homme avait perdu sa timidité devant cette vieille dame avenante qui lui souriait sans cesse. Quant à Philo, elle était conquise par la perspective d'avoir chez elle ce grand jeune homme à l'apparence soignée et aux manières polies. Le petit-fils qu'elle n'avait jamais eu ? Elle en aurait des choses à raconter dans sa prochaine lettre à Francine !

— Mais où loges-tu pour l'instant ? demanda soudain Philo qui n'y avait pas songé jusqu'à présent.

— Je suis chez des amis, un couple d'étudiants qui a un studio. Je loge sur leur canapé depuis un mois et...

— Oh ! Mon pauvre, eh bien tu vas aller récupérer tes affaires et tu auras ta chambre dès ce soir, assura Philomène, nous allons signer tout de suite le bail.

— Oh ! Merci Madame, enfin Philo... Si j'osais je vous

embrasserais... Je suis si content !
Aurélien était ému aux larmes.

— Mais ose, mon petit, ose ! fit Philo qui se leva et embrassa sans façon le jeune homme qui la serra dans ses bras dans un élan de reconnaissance.

***

Ma chère Francine,

Comment vas-tu ma chère grande sœur ? J'espère que tes douleurs ne te font pas trop souffrir ? Nous nous verrons bientôt mais il y a tellement de changements dans mon quotidien que je t'écris tout de suite pour te les faire partager. Je ne suis plus seule depuis quatre jours, un grand jeune homme vit maintenant dans la chambre du fond. Il s'appelle Aurélien et il est originaire de la Réunion. En première année de médecine, il a dix-neuf ans et m'a été d'emblée sympathique.

Tu aurais vu comme il était intimidé lorsque nous nous sommes rencontrés la première fois ! Heureusement, il s'est vite adapté à moi et j'ai découvert un garçon plein d'humour et de vie. Nous partageons le repas du soir et j'ai retrouvé le plaisir de cuisiner depuis qu'il y a deux assiettes sur la table de la salle à manger ! À son âge, on a toujours faim et Aurélien semble tellement heureux de découvrir mes petits plats. Dans son île natale, il n'a pas les mêmes références culinaires et il est curieux de tout ce qu'il ne connaît pas. Moi, qui d'habitude mangeais une petite soupe et un yaourt le soir, je déjeune légèrement le midi pour pouvoir faire honneur au dîner. Mon étudiant me raconte sa journée, ses découvertes, ses rencontres... De mon côté, je lui narre quelques souvenirs en lien avec notre conversation puis nous débarrassons la table ensemble et nous regardons le début des informations, il disparaît ensuite dans sa chambre pour travailler. Je continue à regarder la télévision comme tu sais que j'aime le faire le soir et vers vingt-deux heures trente, après le film, je vais toquer à la porte d'Aurélien en lui souhaitant bonne nuit, je lui propose de partager avec moi une boisson chaude et il accepte souvent.

Pendant que je sirote ma camomille, il boit en général un bon chocolat chaud. Pour le matin, il se lève en dernière minute, prends sa douche à la diable et je veille à lui préparer un bon petit-déjeuner qu'il avale en dix minutes. Pour moi, j'ai tout le temps de faire ma toilette et de prendre mon petit-déjeuner ensuite. Je ne veux pas te le cacher, mon rythme habituel est bouleversé mais, en même temps, je suis si contente de ne plus être seule ! Cela vaut bien de changer un petit peu ma routine. Tu vois, je prends le temps de penser à ce que je veux acheter chez les commerçants, de savoir ce que je veux cuisiner le soir, je note et je prends mon cabas à roulettes pour sortir gaiement. Même quand il pleut, je suis motivée alors qu'il m'arrivait auparavant de rester sans sortir pendant trois jours. Ce jeune *homme est vraiment sympathique, le seul défaut que je lui trouve est qu'il est très désordonné, il laisse traîner ses affaires un peu partout et sa chambre est vraiment en pagaille. Mais, après tout, cela ne me dérange pas trop.*

Un appartement où rien ne traîne c'est triste, on n'y sent pas la vie, alors ma foi, un blouson sur une chaise, un magazine ou des livres à droite à gauche, quelle importance ? Voilà, ma Francine, la petite révolution que je vis en ce moment avec un immense bonheur ! Je t'apporterai la biographie que tu m'as demandée dans ta dernière lettre et que j'ai retrouvée dans ma bibliothèque.

À jeudi, porte-toi bien et je t'embrasse bien affectueusement,

Ta petite sœur, Philo

***

Coucou Maman et Papa,

Alors ça y est, j'ai ma chambre ! Chez une charmante dame âgée qui s'appelle Philo. J'ai un grand lit, une armoire en merisier et une grande table qui me sert de bureau. Si vous saviez comme je suis content ! Philo est très gentille, nous mangeons ensemble le soir et, malgré son âge, elle est très au fait de ce qui se passe dans le monde et me raconte plein de choses de sa vie, elle est géniale ! Le seul problème est que, chez elle, je n'ai pas de connexion internet. En même temps, ce n'est pas plus mal car cela m'empêche de surfer au lieu de travailler et je me connecte à la fac pendant la journée.

 Pour les études, c'est vraiment énormément de choses à retenir, je vais faire tout mon possible mais ce n'est pas gagné. Heureusement, j'ai deux ou trois bons amis et l'on s'entraide lorsque l'on n'a pas compris sinon c'est plutôt la compétition, chacun pour soi pour avoir le concours. Je suis content de ne pas être tout seul le soir, c'est sympa de manger des bons petits plats comme si l'on était en famille.

Bon, en même temps, je ne peux pas inviter mes amis de temps en temps mais ce n'est pas grave, car je suis là pour travailler. C'est un peu comme si j'étais en internat, c'est vraiment ce qu'il me faut pour bosser dur. Si j'avais toute liberté peut-être que je me laisserais plus tenter et que je travaillerais moins.

Et vous ? Comment ça va ? Le boulot ? Le petit frère ? Racontez-moi... J'attends de vos nouvelles et vous embrasse, Aurélien

***

— Bonjour Aurélien, bien dormi ?

— Ça va, et vous ? répondit Aurélien un peu endormi en avalant son bol de céréales.

— C'est toujours d'accord pour samedi, on va au musée ?

— Oui, oui, ce sera avec plaisir, en fait, j'ai une amie qui suit le même cours que moi à qui j'ai parlé de notre sortie, cela vous dérangerait si elle vient avec nous ?

— Mais non, pas du tout !

Comment s'appelle-t-elle ?

— Noémie Delcours, ses parents habitent dans le nord de la France, elle nous rejoindra directement au musée.

Déjà plus d'un mois que ces deux-là s'étaient rencontrés et c'était leur première sortie commune. La visite de l'exposition temporaire de peintures avait été choisie par Philo et il avait été convenu que ce serait Aurélien qui choisirait la sortie prochaine. Les deux colocataires avaient décidé qu'ils pourraient sortir ensemble un samedi par mois. L'étudiant avait besoin de se changer un peu les idées, il travaillait vraiment beaucoup et Philo serait ravie de sa compagnie.

Au musée, Philo vit arriver une jeune fille toute menue, elle paraissait si jeune ! Cependant, Noémie avait, en réalité, le même âge qu'Aurélien et fréquentait le même amphithéâtre.

La visite de l'exposition fut un enchantement pour Philo. Les tableaux représentaient des natures mortes avec un réalisme presque photographique ainsi que des paysages du bord de l'océan dans un mélange subtil de couleurs. Ce plaisir des yeux était renforcé par la compagnie des deux jeunes gens qui étaient aux petits soins pour elle. On devait certainement croire qu'elle était avec deux de ses petits-enfants. Aurélien lui tenait le bras et Noémie discutait des toiles avec grand intérêt. À la fin de la visite, Philo décida de leur offrir un bon goûter au salon de thé, elle avait tellement envie de leur faire plaisir, de les gâter un peu ! D'autant plus que la retraitée avait compris, d'après ce que lui avait expliqué Aurélien, que Noémie ne roulait pas sur l'or non plus et qu'elle faisait très attention au maigre budget qui lui permettrait d'étudier. Elle était boursière, elle aussi, et avait une chambre dans la résidence universitaire près de la faculté de médecine.

— Je vous conseille le mille-feuille aux fruits rouges ou bien la tarte Tatin, c'est un régal, expliqua Philo.

L'octogénaire était assise dans un des confortables fauteuils du salon de thé qu'elle fréquentait tous les samedis avec son cher époux et c'était la première fois qu'elle y remettait les pieds depuis sa disparition. On y servait les consommations sur des tables basses. L'ambiance y était feutrée, c'était un salon de thé très chic. Il était fréquenté surtout par des retraités.

— Philo, vous nous gâtez trop, je me sens gêné, dit Aurélien qui trouvait que les prix étaient trop élevés sur la carte et n'osait rien prendre.

— Ta ta ta... Prends la boisson qui te fait plaisir et un ou deux bons gâteaux, tu me montes mes courses, tu as fait les vitres l'autre jour ; non, non, c'est moi qui suis en dette avec toi et ainsi considère que je ne fais que te donner ton dû en vous offrant ce goûter avec Noémie.

Aurélien et Noémie finirent par se laisser tenter par un chocolat viennois et par les fameux mille-feuilles. Philomène demanda à la serveuse de rajouter une assiette de petits-fours et prit elle-même un thé au jasmin accompagné d'une tarte Tatin, tiède à souhait. Son bonheur était à son comble en voyant les deux étudiants qui riaient de plaisir en mangeant avec appétit.

— Tu as ton permis Noémie ? demanda soudain Philo prise d'une idée subite.

— Oui, je l'ai eu un mois après ma majorité, il faut dire que mon frère m'avait bien appris à conduire dans les chemins de terre et sur les parkings, je n'ai donc dû prendre que vingt heures de cours, j'avais travaillé tout l'été et j'ai pu le payer. Heureusement, je l'ai eu du premier coup !

— Je te demande cela parce que j'ai encore la voiture de mon défunt mari dans notre garage, une petite Fiat qui ne vaut plus grand-chose. Je l'ai donc gardée, Édouard en prenait grand soin. Si vous voulez que l'on aille faire un tour à la campagne, bientôt ce sera le printemps, on pourra l'utiliser ?

— Ah ! Ce serait formidable, je suis tellement malheureuse de vivre en ville moi qui ai grandi à la campagne, je peux vous emmener où vous voulez, je suis très prudente au volant vous savez, expliqua Noémie aux anges.

— Mais Philo, on pourrait vous emmener voir votre sœur aussi, au lieu que vous preniez le train régional, non ? suggéra Aurélien qui lui n'avait pas eu encore la chance de passer l'examen du permis de conduire. De toute façon, il n'en avait pas l'utilité pour l'instant.

— Quelle riche idée ! Je n'aurais pas osé vous le proposer mais puisque tu y penses de toi-même, pourquoi pas ! Il y a un superbe parc dans sa résidence et vous pouvez aussi vous promener dans la campagne aux alentours car le village n'est pas grand. Vous y prendrez un grand bol d'air, il y a un chemin qui grimpe tout en haut de la colline et la vue est superbe car l'on domine toute la vallée... Philo, les joues rosies par le plaisir futur de cette sortie, était intarissable.

— Il faudrait que l'on achète un petit cadeau pour votre sœur avec Aurélien, renchérit Noémie.

— Mais non, votre cadeau, ce sera de m'emmener la voir ! Et puis, j'en profiterai pour lui apporter pas mal de choses que je ne peux jamais prendre avec moi dans le train, Aurélien logera tout cela dans le coffre...

— Bien sûr, Philo !

— Ah là là ! Cela va me faire drôle de remonter dans la voiture ! Avec mon mari, on s'en servait assez souvent mais nous n'allions jamais trop loin, les dernières années surtout. Je demanderai au garagiste au coin de la rue de venir voir si tout va bien, si elle peut rouler, il faudra aussi que j'appelle l'assureur pour demander que le contrat soit ouvert à nouveau. Nous devrons faire le plein également...

La fin de l'après-midi passa agréablement, l'on échafaudait des plans sur cette nouvelle sortie que tous envisageaient avec plaisir. À la table d'à côté, deux dames âgées regardaient Philo accompagnée de cette belle jeunesse. Elles auraient bien voulu être à sa place à les voir discuter avec animation et rire ensemble.

— Eh bien, voilà une grand-mère comblée, elle a la chance d'avoir ses petits-enfants tout près d'elle, ce n'est pas notre cas... soupira l'une d'elles et puis je ne suis pas sûre qu'ils viendraient me voir souvent s'ils habitaient par ici, ils sont tellement occupés !

— Je serais déjà contente si mes enfants venaient me voir, assura son amie avec tristesse. Enfin réjouissons-nous, il y a des familles où l'on continue à se fréquenter !

***

Chère Francine,

Je crois bien que je n'ai jamais été si heureuse depuis bien longtemps. Tu sais quoi ? Je viendrai te voir à la fin du mois accompagnée de mes deux jeunes étudiants... Avec la petite Fiat d'Édouard ! Nous pourrons rester beaucoup plus longtemps et je ne serai pas tenue par les horaires des transports en commun ! Mon cher Édouard, il doit être tellement content pour moi de là où il est ! Je pourrai t'emmener toute une caisse de livres que nous mettrons dans le coffre et, de ton côté, tu pourras me donner les deux couvertures en carré que tu as tricotées et que tu voulais que j'emporte. Que dirais-tu de les offrir à Aurélien et Noémie ? Tu verras, ils sont tellement attachants, peut-être auras-tu envie de te mettre à leur tricoter un pull, cela te changera des carrés ? Ah ! Francine, la vie est belle tu sais ? Je t'embrasse fort, chère grande sœur, à bientôt donc.

Philo

Vous avez aimé ce roman ? Vous aimerez...